동생이 생기는 기분

글·그림 이수희

민음사

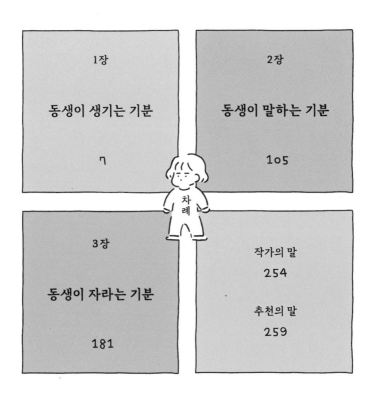

1장

동생이 생기는 기분

질문

이런 질문을 받은 적이 있다.

동생이 생기는 기분은
어떤 기분이야?

그런 질문은 처음 받아 봤다.

어떤 기분...?

나는 태어났을 때부터
지금의 가족 구성원이었잖아.

막내 ➡

가족이 하나 더 생겨나는 게
어떤 일일지 상상이 안 가.

외동

제안 실패1

제안 실패2

실화

상담

멀었어

새끼손톱

너의 이름은

유레카

수희언니!

언니가 좋을까?

수희누나!

누나가 좋을까?

수희언니수희누나

둘 다 좋으면?

정답은 쌍둥이야!

나의 바람

먹고 싶어

맛있어

진짜 동생

초음파 사진

의문

벌써 만삭이네.
둘째랬나?

안녕~

안녕
하세요~

쯧쯧. 지금까지 뭐 하고.
엄마가 잘못했네. 그치?

하하

?

들어가~

안녕히
가세요...

?

왜 엄마 잘못이에요?

외동

"수희가 외로웠을 텐데 잘 됐다."

엄마의 임신 소식을 알렸을 때 가장 많이 들었던 말이다. 어린 나에게는 그것이 항상 의문이었다. 나랑 대화해 본 적도 지내 본 적도 없으면서 왜 나에게 외로웠을 거라고 할까?

몇몇 어른들은 내가 외동이라는 것을 알고 나면 도저히 못 들어줄 이야기를 들었다는 듯이 혀를 끌끌 차기도 했다. 왜 애를 안 낳느냐, 아이가 불쌍하지 않느냐, 외동으로 버릇 없게 자랄 텐데, 아들은 하나 있어야지.

엄마는 잘못한 사람처럼 멋쩍게 웃어야 했고 나는 그게 싫었다. 그들 앞에서 엄마와 나는 '버릇 없이 자라게 될 외롭고 불쌍한 아이'와 "요즘 젊은 사람들 정말 문제야."라는 말의 '문제'였다.

마침내 둘째를 가지기로 한 우리 가족은 그제야 혀를 끌끌 차는 소리에서 해방될 수 있었다. 그 소리를 냈던 이들 대부분은 우리와 상관 없는 사람들이었다.

동생이 생기기 전까지 10년을 외동으로 살아왔기

때문인지 나는 형제가 있는 지금도 외동에 대한 편견이 불편하다. 외동아이라서 저래, 외동이니까 외로워, 이런 말을 누군가 하면 나한테 하는 얘기가 아닐 때도 신경이 쓰인다.

그러나 그런 나조차도 이기적인 사람을 보고 '외동인가?' 하는 생각을 한 적이 꽤 있다는 점을 시인해야 할 것 같다. 그런 편견에 진절머리 치면서 살아왔는데 이제 내게는 형제가 생겼다고 우쭐해진 건지. 개구리가 올챙이적 시절 기억 못 한다더니 내가 딱 그러고 있었다. 어릴 적 들었던 어른들의 말이 낙인처럼 남아 있어서였다고, 유치한 행동을 조금이나마 변명하고 싶다.

동생의 존재가 난 무척 기뻤다. 내게 동생이 생긴다니! 하지만 그 기쁨은 이제 외동이 아니라서 외롭지 않을 수 있어서 느꼈던 것이 아니다. 그저 단 하나의 이유, 가족이 생겨서 기뻤다. 그 사람이 궁금하고 우리가 어떤 관계 속에서 어떤 대화를 나누며 살아갈지, 어떻게 자라 나갈지 기대되었던 것이다.

형제가 생기는 일은 마이너스에서 플러스가 되는 일이 아니다. 0에서 1이 되는 일도 아니다. 1과 1이 만나 서로 곱하고 나누는 일이다. 우리는 각자 1로 존재하면서 함께 아웅다웅 살아갈 것이다. 모든 관계가 그러하듯이. 가끔은 더하고 빼면서.

동생을 갖게 된 아이를 만난다면 "외로웠을 텐데 잘 됐다."는 인사는 치워 두자. 대신 진심 어린 축하의 한마디 건네어 주기를. 그렇다면 그 아이는 외로웠을 과거의 아이가 아닌, 가족을 맞이하여 설레는 미래의 아이로서 웃음 지을 수 있을 것이다.

여동생

배냇이불

어딨어?

태동

축구 선수

기억해 줘

"배 속의 태아는
자장가를 기억한다."

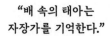

떴다 떴다 비행기
날아라~ 날아라~

높이높이 날아라
우리 비행기~

애기 옷

쿵팡

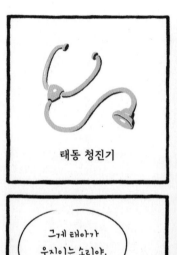

태동 청진기

어때?

무슨 소리가 들려.

그게 태아가 움직이는 소리야.

쿠르르브릅으르쿵팡이?

잘 자

엄마는 잠이 많아졌어.

조금 심심하지만
나는 괜찮아.

잘 자, 엄마.

꿈

엄마가 꿈꾸면
애기도 같이 꾸는 거야?

그렇지 않을까?

재밌는 꿈
꿔야겠다.

그러게.

함께 무슨 꿈을 꿨을까?
궁금했다.

엄마의 배

미안한 일

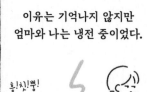

이유는 기억나지 않지만
엄마와 나는 냉전 중이었다.

흥!칫!뿡!

예민

수희야,
밥 무라.

흥!

← 외할머니

엄마 오늘
애기 낳는 날이야.

!!!!!!

이때를 생각하면
엄마에게 너무 미안해진다.

흥...

커피포트가 사라졌다

커피포트가 사라졌다. 컵라면 물을 끓이려 여기저기
찾아보았는데 이상하게 보이지 않았다. 항상 식탁 구석에
얌전히 앉아 있었던 받침도 함께 사라졌다. 한참을 찾던 나는
엄마가 집에 다녀갔다는 사실을 알게 되었다.

　이혼이 결정되고 엄마가 집을 나간 이후의 일이었다.
한 달 만에 갑자기 나타나서 커피포트를 가져간 것이다.
엄마와 사이가 안 좋았던 나는 코웃음이 나왔다. 난데없이
커피포트? 여전히 나를 화나게 하는, 이해할 수 없는 엄마.

　엄마가 없는 집은 커피포트 빈자리만큼의 불편함이
있었다. 그것은 불편함이 없었다는 말이기도 하다. 그저
냄비에 물을 끓이면 되는 정도의 사소한 변화였다. 작은
불편을 제외하면 엄마가 없는 것이 편하게 느껴졌다.
사춘기인 나를 건드리는 사람도 없었다. '그러게 진작
헤어지지.' 동생에게는 미안했지만 이것이 나의 생각이었다.

　어린 시절부터 미국 드라마를 너무 많이 본 탓일까?
부모님의 이혼이 내게 큰 상처가 되지는 않았다. 누구에게나

그 사실을 얘기할 수 있었고 내 감정을 솔직하게 말하는
데도 문제가 없었다. 사람들은 내가 신기하다고 했다. 그럴
때마다 미드를 많이 봐서 미국물 먹어 버렸다고 대답하곤
했다. 어쩌면 나는 두 사람의 결혼 생활을 바라보는 것에
지쳐 있었던 것 같다. 헤어진 부부의 가장 가깝고 오래된
관찰자로서.

　　그렇게 나는 성인이 되었다. 커피포트 같은 건
생각나지도 않을 만큼 오랫동안 냄비에 물을 끓이며 지냈다.
그러던 어느 날. 커피를 마시고 싶어진 어느 평범한 날.
그날따라 냄비에 물을 끓여야 하는 것이 너무 귀찮게
느껴졌다. 멍하니 가스레인지 앞에 서 있다가 문득 그 옛날에
커피포트를 가져간 사람이 생각났다.

　　'도대체 왜 그걸 가져간 거야?'

　　곧이어 떠오른 기억. 맞아. 그건 엄마가 우연히 경품으로
받은 것이었지. 운이라고는 지지리도 없는 우리 가족이
무언가에 당첨되어 괜찮은 물건을 받아 본 건 그때가

처음이었다. 엄마는 그 커피포트를 무척 아꼈다. 헤어진 남편의 집으로 다시 찾아올 만큼.

이상한 일이다. 냄비에 물 끓이는 게 귀찮았을 뿐인데 그때의 엄마 모습들이 자꾸 떠올랐다. 경품으로 커피포트를 받았다며 기뻐하던 모습. 물을 빠르게 끓이는 것이 얼마나 도움이 되고 있는지 자랑하던 모습. 컵라면에 물을 붓고, 커피를 타고, 싱크대를 소독하던 엄마의 등. 그 모습. 그 자리. 커피포트 만큼의 공간.

내 엄마는 나를 낳은 사람. 나를 낳고 젖을 먹이고 보살핌을 주었던 사람. 나를 웃게 한 사람. 나를 아프게 한 사람. 나를 화나게 한 사람. 나의 영원한 친구일 것 같았던 사람. 그 사람이 내게서 지워져 갈 때 나는 그저 평소처럼 커피가 마시고 싶었을 뿐인데.

유일한 나의 것을 찾기 위해서 돌아온 그를 상상해 본다. 딱 그만큼의 자리에서 살아왔을 한 사람의 일상을 막연히 캔버스에 그려 본다. 왠지 그 그림에 색색의 물감이

필요하지는 않을 것 같다.

　　나는 엄마가 밉다. 여전히 밉고 앞으로도 미울 것이다.
그래도 때때로 커피포트를 되찾기 위해 돌아온 그날의
엄마를 생각한다. 그것이 무슨 의미였는지 시간이 흘러
깨닫게 된 것에 안도한다. 미운 사람도 한편으로는 이해할 수
있는 날이 온다. 어쩌면 가족이란 서로의 가여움을 눈치채며
살아가는 사이일지도 모른다.

　　냄비에 물을 채운다. 불 위에 올려놓는다. 찬찬히
끓어오르게 될, 그러나 아직은 잔잔한 물을 가만히
들여다본다. 커피포트만큼의 빈자리를 느끼며 엄마가 조금
보고 싶어졌다.

설마

춤을 추겠어

그날의 느낌

햇살이 내리쬐고
새소리가 들린다.

나는 생각했다.

엄청난 일이 일어났는데

세상이 너무나도
고요하다.

2002년 2월 18일
이수진 태어나다.

첫 만남

초록색 똥

첫날밤

이렇게

하루하루

광고에는
뽀송뽀송한 애기들이
나오지만

실제 갓난애기는
쪼글쪼글하고 빨갛다.

하루하루 달라지고

빠!(나처럼!)

계속 귀여워진다.

둘리

동생은 항상
혀를 내밀고 있었다.

엄마,
수진이 둘리 같다?

호잇!

아하하하~

갑자기 보여

유아차

...

원래 세상에
애기가 이렇게
많았나?

유아차

『동생이 생기는 기분』은 독립 출판으로 먼저 나왔다. 동생이 생길 때부터 함께 첫눈을 맞은 순간까지 담은 아주 작은 책. 주제와 제목을 정하고 글과 그림을 그린 뒤, 글자 넣은 파일을 인쇄소에 넘기기까지 긴 여정이었다. 마지막 일정이 가장 기억에 남는다. 종이 종류, 종이 무게, 코팅 유무 등 알지도 못하는 것들을 선택해야 했던 순간. 아는 게 힘이라는 속담에 의하면 나는 숙주나물 수준의 근력으로 출판에 도전하고 있었다.

똑똑한 친구의 도움과 인쇄소 사장님의 배려로 파일을 넘기는 데 성공했다. 책이 만들어지는 것도 기뻤지만 더 이상 책을 만들기 위한 행위를 하지 않아도 된다는 사실이 가장 마음에 들었다. 다시는 이런 짓 하지 말자. 하더라도 좀 알고 하자. 무식하면 용감하지 말자. 달고 쓴 깨달음을 곱씹으며 집으로 향했다.

퉁퉁 부은 다리, 빠질 것 같은 어깨. 그럼에도 나는 시험이 끝난 학생처럼 마냥 기뻤다. 드디어 다시 여유롭게 소파에 누워 인터넷 서핑을 즐길 수 있었다. 키득거리며 읽고 난 뒤에는 두 번 다시 생각나지 않을, 시시콜콜 가벼운 뉴스들이 탄수화물처럼 당겼다. 그렇게 포털사이트 메인을 구경하던 나는 OMR 마킹하는 걸 깜박한 학생처럼 벌떡 일어나고 말았다.

「유'모'차 말고, 유아차라고 불러요.」

흥미롭고 유익한 글이었다. 유모차의 모가 어미 모를 사용하기 때문에 평등 육아에 어긋난 성차별적 단어이며 유아차라고 부르는 것이 사회적으로 옳은 표현이라는 요지의 건강한 기사. 문제는 이제 곧 인쇄될 내 책에 있었다. 괜히 공간이 심심해 보여 '유모차'라고 큼지막하게 써 놓은 칸이 있었던 것이다.

글을 읽고 또 읽었다. 왜 하필 이 단어를 300권의 책이 나올 수 있게 모든 일을 끝낸 바로 지금 이 순간 알게 된 걸까? 왜 어제도 아니고 그저께도 아니고 오늘 밤에? 나는 왜 굳이 그 장면에 글자를 넣은 거지? 어떻게 모든 걸 알 수

있겠니, 다음에는 더 잘할 수 있을 거야, 친구의 위로에도
불구하고 이불을 뻥뻥 차며 그 밤을 보냈다.

며칠 후, 책을 찾으러 갔던 그 순간을 잊을 수 없을
것이다. 갓 마른 잉크와 떡제본의 향기를 태반처럼 껴안고
있었던 책 한 상자. 마치 눈도 뜨지 못한 새끼 강아지나
고양이 혹은 동생 같은 것을 마주하는 기분이었다고 할까.
손바닥 만한 작은 책은 한 김 식힌 손두부, 갓 지은 백설기,
작은 병에 담긴 우유잼을 닮아 있어 한 입 가득 베어 물고
싶다가도 뽀얀 그것이 뭉개지는 게 싫어 한 번 더 쳐다보게
하는, 새벽에 눈 내린 거리 같은…….

그래, 이 주접스러운 비유들. 인쇄된 내 그림과 글을
보는 행복이 이런 거였다니! 다시는 하지 말자던 다짐은
잊고 '또 할 거야! 평생 할 거야!' 마음먹었다. 사람은 망각의
동물이라 책을 만드는 걸까?

책은 빠르게 여러 독립 서점에 위탁되었다. 간헐적으로
들어오는 책값이 누군가 내 책을 돈 주고 보고 있다는

증거라는 것이 신기했다. 한 권은 하루의 커피가 되어
주었고, 두 권은 기다렸던 영화의 티켓이 되어 주었다.

그 책을 가장 많이 읽은 건 무조건 나일 것이다. 어차피
아는 내용, 내가 그린 것임에도 읽고 읽고 질리도록 읽어
나중에는 별 느낌이 들지 않는 지경까지 읽었다. 그럼에도
여전히 그 작은 네모 상자 속 유'모'차가 사과 껍질처럼 마음
언저리에 불편하게 걸려 있었다.

몇 년 전, 신사임당과 율곡 이이의 생가에 간 적이
있다. 학자의 차분함과 호기심이 서려 있는 드넓은 공간에
신사임당을 소개하는 큼지막하고 멋진 표지판이 있었다.
그곳에는 훌륭한 '여류' 작가라고 쓰여 있었고 두 명의
어린아이가 나와 함께 그 앞에 서 있었다. '작가 신사임당'이
아닌 '여류 작가 신사임당'은 얼마나 많은 아이들의 눈과
머리에 담겼을까. 그 숫자를 막연히 헤아리던 나는 작은
이물감을 느끼며 그 앞을 지나는 한 사람에 불과했다. 그리고
딱 그 정도 무력함의 연장선에 유모차가 있었다.

아빠는 유아차를 몰아서는 안 된다고 생각하기 때문에 유모차라는 단어가 존재하는 것은 아닐 것이다. 나 역시 유모차는 엄마만 몰아야 된다고 생각하면서 그 단어를 적은 것이 아니다. 우리 모두 그저 가장 일상적인 단어를 일상 속에서 사용하고 있을 뿐이라는 걸 잘 알고 있다.

그렇다면 반대로 생각해 보기로 했다. 유아차라는 단어가 존재하게 된 이유는 뭘까? 인쇄소를 다녀와 기사를 읽었던 그날의 나는 유아차를 알게 됨으로써 일상어였던 유모차를 다시 알게 되었다. 유모차를 다시 알게 만드는 것. 낡은 관습을 깨닫게 하는 것. 일상에 녹아 있는 잘못된 생각을 분리하는 것. 언어의 변화가 행동으로 나타나는 것. 그것이 유아차가 존재하는 이유, 새로운 단어가 존재하는 이유였다.

나와 함께 표지판 앞에 서 있던 아이들은 그 이후로 어떤 걸 보고 들었을까 궁금하다. 나는 그 아이들이 나의 어린 시절과 다른 것을 보고 듣기를 바란다. 유모차를 타고 여배우를 좋아하고 여의사에게 진료받고 여류 작가를 꿈꾸며 누군가의 처녀작을 읽지 않기를 바란다.

유아차를 타고 배우를 좋아하고 의사에게 진료받고 작가를 꿈꾸며 누군가의 첫 작품을 읽기를.

'유아차'의 갓 마른 잉크 냄새는 어떨까? 나의 작은 책을 만나게 될 그 순간을 다시 한번 기다려 본다.

아빠와 동생

아빠는 동생이 태어났을 때

다리를 다쳐서
병원에 입원 중이었다.

첫 만남

...

머쓱

어색

왜 저래...

?

훗날

딸!

와~

작명 대결

헐

지금은 고딩이란다...

물었다

잡았다

애기 손

엇, 내 손가락 잡았다.

쪼끄미...

귀여워..

근데 왜 안 빠져?
설마...

괴력애기?!

훗! 어리석은
형제여...

애기 발

돌 사진

버릇

대단해

목 가누다

갓난애기는 목도 못 가눈다는 사실을 동생이 태어나고서
처음 알았다. 안을 때도 조심조심, 눕힐 때도 조심조심.
동생이 뿅 나타나서 곧바로 나와 함께 훌라후프와 쎄쎄쎄를
할 수 없다는 것은 알고 있었지만 이 정도일 줄이야. 목
가누는 것부터 시작해야 한다니! 이런 애와 함께 걷고 말할
수 있는 날이 정말 올까? 까마득한 일이었다.

동생이 처음 목을 가눴던 그 순간을 기억한다. 나는 침대
위에 누워 노래를 흥얼거리고 있었다. 그날따라 투니버스가
재미없어 티비도 꺼 두어 집 안이 적막했다. 배 위에 올려
놓은 애기는 묵직하면서 따뜻했고 좋은 냄새가 났다. 커다란
물고구마 같았다. 얼마 전까지는 엄마 배 속에 있었는데 이제
내 배 위에 있다. 어떻게 여기까지 왔니. 참 신기한, 애기라는
존재.

그 신기한 물고구마가 몸을 옴짝거리기 시작했다.
지난번에도 이러는 걸 몇 번 보았다. 목을 가누기 위해서
그런 거라고 했다. 아직 너무 작아서 가능할 것 같지 않았다.

그래도 노력하다 보면 언젠가 할 수 있겠지? 생각한 그 순간,
동생의 조막만 한 머리가 거침 없이 위로 쑤욱 올라갔다.
사람이 아니라 자라였나? 놀라서 말이 나오지 않았다.
동생은 인생의 첫 목 가누기를 내 배 위에서 해낸 것이다.

그때 녀석의 위풍당당함을 묘사하고 싶다. 얼굴은
목까지 시뻘개졌으면서 절대 고개를 내리지 않았다. 온몸에
힘을 주어 목을 지탱하고 있었기 때문에 팔다리가 마치
고공낙하하는 새처럼 가지런하고 곧았다. 시뻘개진 얼굴과
앙다문 입술. 태양을 향해 날아오른 신화 속 어떤 인물처럼
비장한 표정을 한 뽀얀 애기 얼굴.

애기의 목 가누기라는 단어에서는 달큰한 우유 냄새가
날 것만 같다. 그냥 빼꼼 귀엽게 올리겠거니 상상하기 쉽지만
내가 목격한 목 가누기는 전혀 그렇지 않았다. 그 작은
몸속에 존재하는 모든 근육을 가동하여 짧은 인생 최대치의
힘을 발휘해 내는 일이었다. 그리고 나는 예감했다.

'이 순간을 평생 잊을 수 없을 거야.'

그 이후로 동생은 비법을 터득했는지 곧잘 목을 위로
치켜 올렸다. 특히 내 배 위에서 더욱 잘했다는 사실이
마음에 들었다. 목을 가누기 시작하자 그 이후로는 일사천리
였다.

나는 그날을 자주 생각했다. 그날 침대의 감촉을
생각하고 동생의 물고구마 같은 따뜻함을 생각했다. 밖에서
들리는 곤충 소리나 바람 소리, 물이 똑똑 떨어지는 소리
같은 걸 생각했다. 더 선명하게 진하게 그대로 기억하고
싶었다. 나중에 말해 주기 위해서. 그렇게 멋진 일을
해냈다고. 네가 내 배 위에서. 내가 가장 먼저 보았다고.

대화가 가능해졌을 때 즈음 동생에게 이걸 말해
주었는지 잘 기억나지 않는다. 아마 하긴 했을 것이다.
하지만 이제는 나무 위에도 올라가는 동생에게 목을 가누는
일이 대수일까. 동생의 목 가누기는 결국 나만의 추억으로
남을 것이다.

요즘은 그런 생각이 든다. 지금도 동생은 목을 가누었을

때처럼 인생 최초의 무언가를 하고 있지 않을까? 모든 것이
목을 가누었을 때처럼 어렵지 않을까? 그런 동생에게 칭찬과
격려를 마지막으로 한 게 언제였는지 떠오르지 않았다. 목을
가누는 순간의 감동은 아직도 생생하게 기억하면서 지금까지
수많은 또 다른 목 가누기를 해 왔을 동생에게는 인색했다.
이걸로는 부족하다고. 이 정도는 해야 한다고. 남들도 그
정도는 한다고.

　　나이의 규칙을 누가 만들었는지 궁금하다. 이 나이에는
이 정도는 해야 하고 저 나이에는 이만큼은 해야 된다. 나는
그런 규칙에 알맞는 아이로 자란 적이 없었다. 언제나 조금
뒤처지고 뒤처짐이 조급해 너무 앞서가기도 했다. 키가
커질수록 학년이 높아질수록 스스로를 초라하게 여겼던
학창 시절이 엊그제 같은데. 결국 나도 똑같은 기대와
잣대를 물려받아 동생을 평가하고 있었음을 뒤늦게 깨달아
미안했다.

　　이제 그런 규칙은 지키지 않으려 한다. 느린 시계가

멈춘 시계는 아니라는 걸 이제 알 것 같다. 지금도 무언가에
도전하고 고민하고 있을 동생에게 너는 여전히 대단하다고
말해 주고 싶다. 걷고 뛰고 쓰고 말하는 모든 과정이
소중했던 것처럼. 네가 목 가누기를 해냈던 그날처럼.

첫눈

수희야, 눈 온다.

눈...
첫눈...

수진이 인생 첫눈?

엄마,
수진이 장갑
어디 있지?

나가려고?

기대

"첫눈이야, 수진아."

속싸개

나는 훗날 브리또와 월남쌈을
잘 만들어 먹는 어른이 되었다.

질투

나는 어릴 때 질투가 많아서

내 엄마잖아잉.
왜 내 엄마인데 다른 애랑
친하게 지내!

자주 삐졌다.

그럼 친구한테 잘해 주지 마?

훌쩍

아니.

그럼 친구를 데려오지 마.

그건 안 돼...

당연하지

왜 그랬니

애기 토

애기는 배가 작아서

자주 토한다.

배 속의 애기는 커 보였는데

태어난 애기는
너무 작은 것 같아.

데굴데굴

귀찮아

분발해

빠빠

아빠 왔다.

빠빠?

아빠, 수진이가 빠빠라고 했어!

뭣.

수진아, 다시 해 봐.

왜 안 하지? 방금 진짜 했는데...

퇴장...

...

진짜 이상한 애라는 생각이 들었다.

쾅

... 빠빠.

애 뭐야?

아장아장

아팠어?

월드컵

월드컵 2

동생이 태어나고
한일 월드컵이 개최된 그 해,

2002

동네 개천에서의
스크린 생중계.

가끔 동생을 업고
사다리를 타고

개울을 건너
보러 갔다.

넌 봤어,
월드컵.

나 어떻게
무사한 거야?

끄억

황선홍

미국전을 관람하던 중
동생이 칭얼거리기 시작했다.

우쭈쭈

으애

그때 황선홍 선수가
부상을 입었고

나는 국민들과
함께 울었다.

황선홍
아저씨...

아 황 선수~
부상 투혼입니다!

동생이
나를 이상하게
쳐다봤다.

응? 왜?

애기는 난데 니가 왜 울어...?

응답하라 2002

한국의 90년대생이라면 대부분 이런 질문을 들어 봤을
것이라 확신한다.

"너 그럼 88 올림픽 못 봤니?"

"호돌이 알아?"

"굴렁쇠 소년은?"

몇몇 어른들은 내가 92년생이라는 것까지 알고 나면
이런 말을 덧붙이기도 했다.

"너 그럼 서태지 데뷔할 때 태어난 거야?"

글쎄요, 제가 그걸 어떻게 알겠어요? 그때 막
태어났는데. 뭐, 그때 서태지가 데뷔했겠죠. 「난 알아요」는
알아요. 하도 아냐고 물어봐서.

태어나기 전 일을 본 적이 없다는 논리적인 사실이
뭐가 그렇게 이상한 일이라고. 어린 나는 그저 심드렁할
뿐이었다. 손에 손잡고 벽을 넘어섰던 그날들이 엊그제인
것처럼 뇌리에 박혀 버린 어른들. 그들을 이해할 수 있게 된
것은 그로부터 몇 년 후, 동생이 태어난 그 해, 2002 한일

월드컵이 있었기 때문이다.

"월드컵? 그게 무슨 컵이야? 월드콘 아니야?"

세상 돌아가는 일에 어두울 수밖에 없었던 열한 살,
무언가 재밌고 큰일이 벌어진다는 것을 느끼며 친구들과
이야기했다. 외국인 선수들이 와서 하는 거래, 감독이
외국인이래, 우리나라 감독인데 왜 외국인이야? 몰라! 이런
대화를 하며 어느 순간부터 대~한 민국 외치면 짝짝! 짝짝!
짝! 들썩이는 리듬 속으로 동화되어 갔다.

2002 월드컵 하면 그 시절 살았던 신림동이 떠오른다.
초등학교, 놀이터, 골목, 떡볶이, 아이스크림, 비눗방울,
잠자리……. 서울대 근처에서 자라 다 함께 서울대 가는 줄
알았던 아이들. 떠돌이 강아지와 폐지 줍는 노인. 아파트와
산동네가 개천을 사이에 두고 널찍이 마주 보았던 그곳. 동네
사람들이 개천에 모이게 된 것은 월드컵 덕분이었다.

"너 영화관 가 본 적 있어?"

"아니, 없어."

"오늘 개천에서 영화관처럼 스크린으로 월드컵 보여
준대."

영화관, 스크린, 월드컵, 개천? 지금이야 어디에서나
스크린을 찾아보기 쉽지만 그때 당시 우리가 다녔던
초등학교에는 스크린으로 수업할 수 있는 교실조차 몇 개
없었다. 스크린을 띄우고 교실 불을 끄면 아이들은 영화관에
온 듯 우와! 눈을 반짝였다. 그런 진귀한 물건을 개천에
놓는다고? 영화가 아니라 축구 경기를 보여 주기 위해?
그것이 어떤 광경일지 상상 가지 않았다.

친구가 뭔가 잘못 안 것 아닐까, 의구심이 들었지만
초등학생이 뭐 할 일이 있겠는가. 가 보기로 했다. 쭈쭈바를
쭉쭉 빨며 도착한 그곳에는 친구의 말대로 어떻게 저렇게 큰
종이가 있을 수 있나 싶은 스크린이 하얗고 웅장하게, 너무나
신비롭게 서 있었다. 내 말이 맞지? 친구는 의기양양하게
사다리를 타고 개천으로 내려갔고 나는 쿵쿵거리는 마음을
숨기며 고개를 끄덕였다.

우리가 너무 일찍 온 탓인지 설치하는 사람들을
제외하고는 아무도 없었다. 우리는 개울 돌 위에 쪼그려 앉아
송사리가 있는지 살펴보거나 돌로 바닥을 그어 땅따먹기를
하고 이상한 흉내를 내다가 갑자기 뛰었다가 헉헉 숨을 몰아
쉬며 잠시 멍하니 바닥에 앉아 있었다. 커다란 도화지의
존재는 금세 익숙해졌고 배가 고팠다.

"우리 이따가 다시 올래?"

"그래."

집에 돌아가서 뭘 했더라. 밥을 먹고 누워 투니버스를
보며 동생 볼을 톡톡 찌르고 있었나. 그러다 친구와 만나기로
했던 시간이 지났다는 것을 깨달았다. 급하게 산 중턱의 우리
집에서 개천까지 있는 힘껏 아래로 내달려야 했다. 그때 나는
무척 잘 뛰었다. 『좀머 씨 이야기』의 화자처럼 어쩌면 날 수
있었을지도 모르겠다.

숨이 턱 끝까지 차올랐을 때 큰 도로에 도착했다.
차들이 멈출 때까지 숨을 고르고 뛰어가 내려다본 스크린

앞에는 빨간 옷을 입은 작은 사람들이 옹기종기 모여 있었다. 사다리를 내려가 개울의 돌을 하나씩 건너 붉은 악마들 속 나의 붉지 않은 친구를 만났다.

"수희야! 우리만 빨간 옷 안 입었어! 다음에 엄마한테 사 달라고 하자!"

풍선봉을 흔들며 노래 부르고, 구호를 외치면 박수를 치고, 극적으로 득점 슛을 날린 선수가 감독에게 뛰어가 안기고, 다 함께 일어나 모르는 친구를 껴안고, 모르는 아저씨와 하이파이브, 모르는 아줌마가 주시는 과일. 그렇게 우리는 그곳에서 두 손을 마주 잡고 붉게 웃고 울면서 벽을 넘어 버렸나, 그랬던 것 같다.

그 열기가 식는 것이 못내 아쉬웠기 때문일까. 월드컵 이후로도 개천에서는 종종 영화를 상영해 주었다. 오늘은 지오디 나오는 영화한대! 하고 친구들과 함께 보러 간 「발레교습소」. 지금 생각해 보면 큰 도로 한복판에서 야외 스크린과 스피커로 베드신을 상영한 것이 어찌나 황당한지.

청소년들과 어른들은 민망해 고개를 돌리고 어린 아이들만이
영문을 모른 채 스크린을 쳐다보았던, 후덥지근한 여름밤.

　　졸졸 흐르는 물소리, 간간이 지나가는 자동차, 쌔앵
오토바이의 굉음이 가까워지고 멀어지고. 뒤편에서
배드민턴을 치거나 줄넘기를 넘으며 재잘거리는 아이들.
인터넷 소설책을 교환하며 심각하게 후기를 나누다 어느
순간 영화 내용을 놓치고. 내용이 궁금해지면 영화에
집중하는 친구에게 줄거리를 물어보고. 엔딩 크레딧이
올라가면 하나둘 가져온 돗자리나 담요를 접고 개울을 건너
사다리를 타고 집으로 돌아갔다. 아쉬움에 가장 마지막
사람이 될 때까지 빙빙 돌다가 돌다리를 건너갔던 친구와 나.
영화가 끝나고 나면 어딘가 슬퍼진다는 걸 그곳에서 배웠다.

　　어릴 때 신림동을 떠난 이후로 딱 한 번 가 본 적이 있다.
대학 실기 시험을 보고 신림동에 들러 어릴 적 가장 친했던
친구와 만나 어색하고 반가운 대화를 나누었다. 친구는
동네의 달라진 모습에 놀라는 내게 그대로인 곳들을 쏙쏙

찾아내 보여 주었다. 문방구, 교회 놀이터, 초등학교, 우리 가족이 살았던 낡은 에덴빌라. 그래도 달랠 수 없는 묘한 섭섭함. 문득 개천이 생각났다. 벽화 행사 때 친구와 함께 소심하게 그려 넣은 그림이 아직 남아 있을까?

우린 길고 긴 개천을 걸어가며 큰 벽화 속 우리의 작은 그림을 찾으려 노력했다. 한참을 걷던 끝에 놀랍게도 여전히 그곳에 있는, 내 기억보다 조금 더 작은 물고기 두 마리를 발견했다. 나는 무척 기뻐하며 가리켰다. 이것 봐! 그런데 친구는 고개를 갸우뚱하는 것이다. 너는 어떻게 그걸 기억하냐며, 어릴 적 친구에게 다정한 웃음을 짓는 것이다. 호들갑 떨던 나는 조금 머쓱해졌다. 그러게, 어떻게 이걸 기억할까. 이 작은 물고기 두 마리를 말이야.

지금도 가끔 지하철을 타게 되면 신림역을 지날 때가 있다. 역 안내 방송이 들리면 내 속의 무언가가 꿈틀 고개를 든다. 반가움도 진저리도 아닌 어떤 이상한 기분으로 '신림동이구나.' 하고 문이 닫힐 때까지 그 너머를 바라본다.

여전히 반가운 친구가 있을 것이다. 변하지 않은 추억의 장소가 있을 것이다. 그럼에도 나는 조금 두려웠던 것 같다. 공간에 배어 있는 시간을 재회하는 것이. 잘 울고 잘 웃었던 아주 작은 나를 만나지 못할까 봐. 혹은 만나게 될까 봐. 너무 가까이에서 보면 미래의 내가 과거의 너에게 실망을 줄까 봐. 내 기억보다 훨씬 작아 이상했던 물고기를 찾아냈던 그날처럼.

어린 시절 우리의 영화관이 되어 주었던 신림동 개천에는 물고기 두 마리가 여전히 헤엄치고 있을까. 지금은 비싼 수채 물감을 쓰고 커다란 유화를 그리고 아이패드로 그림을 그리지만, 그때 페인트로 그려 넣었던 작은 물고기 두 마리 만큼은 소중한 무언가가 되어 내 안에 자리했다.

만약 신림동에 가게 된다면 그때의 나에게 하고 싶은 말이 생겼다. 너는 여전히 잘 울고 잘 웃는다고. 커서 네가 그리고 싶은 그림을 그리게 되지만 지금 너의 그림도 멋지다고. 넌 너만의 영화 취향과 책 취향이 생길 텐데

꽤 괜찮을 거라고. 앞으로 조금 착하기도, 조금 못되기도
한 사람들을 고루 만나게 될 테지만 너도 누군가에게는
그런 사람일거라고. 내가 두서없이 이런 말을 늘어놓으면
신림동의 그 아이는 웃어 주겠지. 잘 웃는 아이니까.

다음에는 신림역을 지나치지 못할 것 같다.

2장

동생이 말하는 기분

큰 그림

화가

아이돌

그때부터 나의 하루 일과는

학교에서는 친구들과
아이돌 얘기를 하고

집에서는 음악을 들으며
팬 카페 구경하기.

그리고 동생은 어엿한
뭐야 빌런으로 성장해 있었다.

뭐야

아니야

자전거

꽉 잡아!

응!

따르릉

따르릉

히야, 근데 이짜나? 엉덩이가 아포.

좀만 참아.

응...

진짜 아프네, 엉덩이.

간다!

내 자전거 뒷자리에 타 본 날.

이걸 어떻게 참았대.

질

질

조금 울면서 집으로 돌아갔다.

봉사

동생의 어린이집으로
봉사활동을 갔다.

언니들   출동!

동생은 나를 보고
놀란 것 같았다.

?????

ㅋㅋㅋ

뿌득

그중 한 아이가
나를 무척 좋아했는데

안녕?

우야

둘이서 나를 두고 싸웠다.

???

갑자기   인기폭발

으르르   크르르

이런 날

준비물을 깜박하고

선생님에게 크게 혼나고

친한 친구가 어딘가
멀게 느껴졌던 날.

훌쩍

그런 날

가만히 누워 있는 내게

아장아장 네가 걸어와

침을 묻혔다.

그래서 괜찮았던

그런 날이 있었다.

초의 주인

수진 생일 축하합니다~

엄마 생일 축하합니다~

사랑하는 우리 아빠~

언니 생일 축하합니다~

옹알이

나를 불러 줘

동생은 나를 이름으로 불렀다.

아빠, 엄마가 그렇게 부르니까.

막상 언니 소리를 들었을 때는 기분이 이상했다.

나도 어릴 때 그랬다고 한다.

성장기 아이는 팔이 쉽게
빠질 수 있으니 주의합시다.

언제 이렇게

어느 세월에 얘랑
나란히 팔짱 끼고 다녀 보냐.

응.집에가가지고
막저

히야
아스크림

166cm
팔짱 안 껴줌.

막막 그래가지고
내가막 그랬거든?
그래서 쿵!해 가지고
왁! 해서 내가 쭈쭈쭈~
근데 애들이 막 우악! 해서
아이 귀여웠는데
착하다 했는데
그때 앜! 하고 그런거야!

얘랑 언제
대화해 보냐.

응
응

말 잘 하는데
대화 안 해줌.

야! 그거 대박
ㅋㅋㅋㅋ
미친 거 아니야?
ㅋㅋㅋㅋㅋ
앵간앵간~

...

후비적

121

골목대장

변비대장

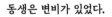

동생은 변비가 있었다.

똥이 안 나와...

그러던 어느 날 집에 들어가자 동생이 달려나와 소리 쳤다.

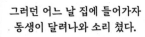

언니! 나! 똥꼬에!

약! 넣었! 다!

뭐? 약?

응, 똥약. 나 똥 쌌다.

너 그거 때문에 나 기다렸어?

응!

신발도 못 벗음.

푸핫핫!

왜 웃어?

크학!

?

언니?

아직도 웃겨...

레토르트 육개장

'동생이 생기는 기분'이라는 제목을 지은 작가로서 이런 고백을 하기란 참으로 염치없게 느껴지지만, 나는 이 책을 완성하기 위해서 동생 곁을 떠났다. 더 정확히 말하면 한바탕 싸우고 집을 나왔다.

우선 나는 열 살 어린 동생과 전력을 다해 싸우는 유치하고 진지한 인간이라는 점을 밝혀 두고 싶다. 녀석이 옹알이를 하기 시작하면서부터 우리의 역사는 시작되었다. 동생이 나에게 혼나거나 분풀이 대상이 되는 경우도 많았다. 그렇게 동생은 성격 더러운 언니 덕분에 강인한 사람으로 자라났다. 종종 아빠가 주변 사람들에게 "우리 애들은 싸우면 열 살 많은 첫째가 울잖아."라고 말하는 게 창피했지만 사실이었다. 그 정도로 동생은 나의 맞수를 넘어 절대적 강자가 되어 가고 있었다.

동생에게는 이런 일화도 있다. 한두 살 차이 상급생들이 가장 무서울 초등학생 시기의 일이다. 처음 보는 중딩 언니들이 인사하라고 무섭게 시비를 걸자 '아니, 우리 집에

있는 열 살 많은 인간한테도 안 하는 걸 저것들한테 왜 해?'
싶어져 다른 친구들과 달리 고개를 삐딱하게 쳐들었다는
것이다. 이 이야기를 들은 열 살 많은 인간으로서의 감상은
'잘한다, 내 새끼!'와 '저 새끼가……'로 나뉜다.

　　출판 계약을 하고서 묘하다 싶을 정도로 사이가
괜찮았다. 여기서 '괜찮았다'라는 것은 '싸우지 않았다'는
것을 의미하지 '화기애애했다'는 뜻은 아니다. 한편으로는
이대로 우리 관계가 더욱 좋아져 평생 안 싸우는 거
아니야?라는 기대심도 있었다. 하지만 평생을 싸웠는데
그럴 리 없다. 살얼음으로 만든 외나무다리를 걸어가는
시간들이었다.

　　드디어 일이 터졌다. 동생이 연락도 없이 늦게 들어오는
일이 많아지던 때, 나는 너무 화가 나서 잔소리를 했고
동생이 듣는 척도 안 하는 것에 꼭지가 돌아 욕도 뱉어
버렸다. 동생도 마찬가지로 나의 폭언에 꼭지가 돌아 나에게
물건을 집어 던지며 욕했다. 우리는 얼굴을 맞대고 악썼다.

아물어 가던 관계에 쫙쫙 찢어지는 생채기가 느껴졌다.

'역시 우리 자매는 틀린 거야.'

동생이 쿵쿵거리며 집 밖으로 나가는 소리를 들으면서 원고를 쓰던 책상으로 돌아가 울었다. 미안하고 미웠다.

어떻게 하면 좋을까 망연자실 노트북을 바라보았다. 이 책을 쓸 수 없다는 생각이 들었다. 못한다고 말할까? 내 인생에 이런 기회가 다시 올 줄 어떻게 알고. 못하겠다고 할까? 공모전 상금 펑펑 써 놓고 뭔 소리야. 못하겠다고 사정을 말할까? 뭘 말해, 계약서에 네 사정은 없어. 마음을 잡으려 애썼다.

'이 책은『동생과 싸우는 기분』이 아니라『동생이 생기는 기분』이잖아……. 과거의 일에 집중하자.'

그때 띠링, 문자 소리가 울렸다.

[언니, 내가 잘못한 거 맞아. 미안해. 언니가 하는 말들 때문에 화나서 똑같이 화냈어. 앞으로 이런 일 없게 할게.]

불어오는 미풍에 삐죽한 감정이 순식간에 마모된다.

하지만 다시 띠링.

　　[근데 언니랑 이제 더 이상 아는 척하면서 지내기 싫어.]

　　심장이 고요하게 내려앉았다. 답장을 보냈다.

　　[미안해. 알았어. 언니가 나갈게.]

　　친구 집에서 지낼지, 할머니 집에서 지낼지, 서울에서
자취를 할지, 집 근처에서 자취를 할지 많은 선택지를 두고
집 구하기 어플을 헤집으며 고민했다. 결국 아빠와 상의
끝에 우리 동네이면서 집과 가깝지 않은 애매한 거리에 방을
구했다. 집에는 일주일에 한 번 오기로 했다.

　　작업을 위한 잠깐의 거처였지만 혼자 사는 건 처음이라
힘들었던 마음도 '와! 나 자취한다!'로 바뀌어 두둥실
떠다녔다. 짐을 싸기 시작했다. 옷만 챙기면 되겠거니,
안일함으로 싸기 시작했던 짐은 점점 크게 불어났다. 사람 한
명이 사는 데 그렇게 많은 것이 필요한지 미처 몰랐다.

　　정신없는 와중에 소파 위에 널브러져 뚱하게 티브이를
보고 있는 그 녀석이 보였다. 같은 동네니까 놀러 오라고

말했다. 이 녀석은 응도 아니고 으도 아닌 건성 대답을 했다.
아마 오지 않을 것이다.

집에 있는 음식들도 몇 개 챙겼다. 아빠가 한 상자씩이나
사 온 비비고 육개장 두 개와 햇반 네 개, 통조림 참치,
커피 가루, 술 등등……. 그런데 누워 있던 동생이 다가와
무심하게 한마디 건네는 것이다.

"육개장 가져가."

"음? 왜?"

"그냥……. 더 가져가."

"언니 금요일마다 올 거야. 다음에 더 가져갈게."

"아, 그래?"

바로 냉철하게 뒤돌아선 동생의 뒷모습에 입꼬리가
올라가는 건 왜일까. 들키지 않으려 하관에 힘을 주었다.
교정기 때문에 입안이 따가웠다.

녀석이 나를 챙겨 주었다는 건 나만의 착각일 수도. 집에
있는 육개장 한 박스가 너무 많으니 수학적 계산으로 도출된

이성적 제안이었을 수도. 그래도 나는 그 단순한 말에 의미를 두고 싶어진다. 이렇게 쉽다. 너의 작은 아량은 나이만 먹고 유치하게 엉켜 버린 언니의 마음을 바로 풀어 버린다.

마침내 원룸에 짐을 풀었다. 모처럼 집중하며 작업을 해 보았다. 어느새 바깥은 어두워졌고 배가 고팠다. 근처를 설렁설렁 산책해 보니 식당이 많았다. 중식을 먹을까, 양식을 먹을까, 일식을 먹을까. 이래저래 이사 첫날의 끼니를 고심하던 순간, 곧 찬바람에 온몸이 시려워져 뜨끈한 한식 국물이 생각나고 말았다.

낯선 나의 방으로 돌아가 레토르트 육개장을 꺼냈다. 포장에는 1~2인분이라 표기되어 있으나 춥고 배고픈 나에게는 든든한 1인분이 될 것이다. 봉지를 뜯어 집에서 가져온 노란 양은 냄비에 부었다. 빨간 국물에 건더기가 많아 기대되었다. 햇반을 넣고 아직 어렵게 느껴지는 인덕션의 온도를 조심스레 올려 보았다. 이게 되고 있는 거야? 하던 차에 보글보글 끓기 시작한다. 반갑고 맛있는 냄새가 난다.

뜨겁고 얼큰한 육개장 국밥이 완성되었다. 크게 한 숟가락 떠 후후 불어 입에 넣었다. 느헛! 혀를 데었다. 그래도 아주 맛있다. 재빠르게 냄비를 싹싹 비워 냈다. 한 방울의 국물도 놓칠 수 없다. 따끈한 음식이 배에 들어가니 겨울밤의 공기도 부드럽게 느껴진다. 국밥의 마법일까.

멍하니 창밖의 낯선 야경을 바라보았다. 누구 말대로 더 챙겨 올걸. 아쉬웠다.

세뱃돈

새해 복 많이 받으세요!

수진이 이제부터 만 원 줄게.

이게 뭐야?

ㅋ...

예

감자합니다!

언니가 천 원 줄 테니까 그 종이랑 바꿀래?

음...

아... 네

구래!

내 돈! 내 놔!

그걸로 다 네 간식 사고 그런 거야.

씩

씩

세뱃돈 2

세뱃돈 3

새해 복 많이 받으세요!

언니!

왜?

새해 복 받아.

?

넙죽

돈의 맛을 알아 버린 너.

얼씨구

헤 ♥

무럭무럭

물총

물총으로 티브이를
날려 먹었던 나.

기계에 물 쏘면
안 된다?

똑똑한 녀석,
하하하...

?
당연하지.
내가 바보야?

유치원 인사

조물조물

아빠의 커다란 손을 잡고
걸어갈 때면

항상 궁금했다.

아빠, 왜 자꾸
손 쪼물쪼물 만져?

그냥.

동생 손을 잡고 걸어 보니
알 것 같았다.

귀엽고 소중했구나.

언니, 왜 손
쪼물쪼물해?
하지 마.

싫은뎅.

피아노 언니

동생이 피아노 학원에
다니기 시작했다.

매일 학원 이야기를 했다.

정확히 말하면
학원 언니 이야기를.

피아노 언니 2

마음

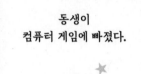

동생이
컴퓨터 게임에 빠졌다.

뭐지?

앗, 마음을
빼앗겨 버렸다.
나의 마음…

수진아. 뭐가 니 마음을
빼앗았다는 거야?

앗, 내 마음을…
나의 마음…

게임에서 지면
내 마음을
빼앗기는 거야.

귀여워!

귀여워!

목숨

문방구 스티커 코너

태어나 처음으로 수집한 물건들이 생각난다. 포켓몬 빵 스티커, 국진이 빵 스티커, 케로로 빵 스티커……. 전국 90년대생 아이들에게 탄수화물 중독을 유발했던 바로 그 스티커들. 덕분에 아이들의 쉬는 시간은 치열한 암거래 시장으로 변모하였고 나 역시 인생의 희로애락을 빵으로 배웠다. 아직도 입안에 생생하다. 그나마 먹을 만했던 초콜릿 롤 빵.

내 동생 또한 필연적으로 스티커 수집가의 시기를 거쳤다. 나와 다른 점이 있다면 동생은 문방구 스티커를 정성스럽게 모았다는 것이다. 빤질거리는 육공 다이어리에 스티커를 하나하나 붙여 놓고 무엇이 가장 예쁘고 아끼는 스티커인지 설명해 주곤 했다.

"이것 봐 봐? 이건 반짝이가 더 많고 그림이 예쁘고 제일 크다?" 진지하게 등급을 매기는 모습이 웃기고 귀여웠다.

어느 날, 동생이 스티커를 사고 싶다 하여 손잡고 동네 문방구로 갔다. 집에 가서 컴퓨터나 하고 싶었던 나는 빨리

하나 고르라며 재촉한다. 작고 어린 아이는 끙끙 앓다가 하나 더 사면 안 되냐며 올려다본다. 용돈을 더 쓰고 싶지 않았던 나는 단칼에 거절한다. 꼬마는 심란한 표정으로 끝내 하나를 고른다. 난 스티커 값을 지불하고 선심 쓰듯이 건네주며 근엄하게 말한다.

"고맙다고 해야지?"

"고마워, 언니!"

동생은 못내 아쉬운 듯 다른 스티커를 한번 쳐다보았다가 내 손을 잡고 문방구를 나온다. 집에 가는 내내 스티커를 트로피 마냥 들고 걸어가는 그 고사리 손가락이 귀여웠다. 그 당시 스티커 가격이라 봤자 싸면 1000원, 비싸면 2000원이었을 것이다. 로얄 프리미엄 입체 스티커도 있었으나 그래 봤자 3000원 정도였겠지.

'하나 더 사 줄 걸.' 가슴 한 켠이 스산해진다.

사람의 마음은 간사하다. 간사함도 함께 나이를 먹는다. 스티커에 행복했던 건 나도 마찬가지였다. 그러나 시간이

흐를수록 더 좋고 비싼 것들에 만족하게 되었다. 스물아홉 살인 현재, 아이패드와 애플 펜슬, 에어팟 같은 게 아니면 온몸의 세포들이 짜릿해지지 않는다.(나는 앱등이다!)

　　동생도 마찬가지였다. 스티커와 포도맛 마이쭈에 세상을 다 가진 것처럼 굴던 동생은 치킨과 햄버거가 아니면 세상을 가지기는 좀 어렵죠?라는 태도가 되었다. 그렇게 각종 브랜드의 치킨과 햄버거를 탐미하던 녀석이 어느덧 사춘기에 접어들어 멋을 내기 시작했다. 큰맘먹고 알바비를 털어 동생에게 8만 원대 청자켓과 7만 원대 컨버스 하이를 선물하기도 했다. 자주 착용하지 않아 속상했지만. 열일곱 살 생일에는 부산 여행과 함께 백화점 화장품을 선물했고 최근에는 공모전 당선금으로 신상 아이폰을 일시불로 결제해 주었다.(하필 얘도 앱등이다.) 그럼에도 불구하고 나는 여전히 문방구 스티커 코너 앞에만 서면 마음이 불편해지는 것이다.

　　2019년의 마지막 날, 다이어리를 사 주면서 이

비밀스러운 아쉬움을 만회할 기회가 있었다. 슬금슬금
스티커 코너로 데려가 이것도 사 보지 않으련? 살살 구슬려
보았다. 동생은 스티커를 대충 세 개 정도 골랐다. 요즘은
스티커가 비싸다. 로얄 프리미엄 입체도 아니고 한 장씩밖에
안 들어 있으면서 세 개에 1만 500원이 나왔다. 하지만
스티커를 세 개나 사 주었다는 것에 마음이 한결 후련해졌다.
약 한 달 후, 방바닥 위에 구르고 있던 그 세 장의 스티커를
보기 전까지는.

그제야 확실히 깨닫게 되었다. 문방구 스티커 코너에
대한 묘한 슬픔은 구제될 수 없다. 그 애는 자라 버렸다.
안으면 머리가 내 아랫배 정도에 오는, 머릿결이 보드랍고
좋은 냄새가 나는, 하나 더 고르면 안 돼?라고 작은 목소리로
눈치를 살피던 어린 내 동생은.

문득 몇 년 전 아버지가 새 지갑을 사 주겠다며 나를
억지로 끌고 가신 일이 생각난다. 차라리 돈으로 달라는,
현금에 눈먼 자식의 애원도 묵살하고 카드 지갑과 장지갑,

이렇게 두 개나 사 주셨다. 지금 떠올려 보니 그날 아버지의 이상한 고집이 어디에서 비롯된 것인지 어렴풋이 알 것 같다. 사업이 어려워져 갓 성인이 된 딸에게 새 지갑을 선물하지 못했던 것이 이 아저씨의 마음에 걸려 있었던 게 아닐까. 그렇게 각자의 사정으로 허튼 돈을 쓰게 되는 게 아닐까. 이 글을 적으며 책상 위의 지갑을 멋쩍게 쳐다본다. 이건 아빠의 스티커였다. 아빠의 문방구 스티커 코너였다.

미안함이란 한숨에 굴러가는 먼지 같다. 이따끔 날리는 바람에 마음속의 편도선이 칼칼해진다. 우리는 그렇게 때때로 아파 오는 편도선을 안고 살아갈 수밖에 없을 것이다. 처방전 없는 염증을 달래는 방법은 무엇일까. 알 수 없다. 내가 지금 동생에게 아이폰을 사 주더라도 그때 동생이 갖고 싶었던 스티커는 사 주지 않았으니까.

그보다는 지금의 내가 지금의 동생에게 해 줄 수 있는 게 무엇일지 좀 더 고민해 보는 게 좋겠다. 언젠가 내가 눈을 감는 날 동생을 바라본다면 "아, 그때 아이폰을 사 주지

말았어야 했는데, 나 지금 돈 아까워서 죽는다, 저 말도 안
듣는 게!"가 아니라 "너에게 조금이라도 더 잘해 줄 걸."이 될
테니까.

　금전적인 이야기만 너무 많이 한 것 같아 쑥스럽다.
그래도 동생에게 이 말만은 꼭 전하고 싶다.

　수진아, 아이폰 작작 깨 먹어.

성탄절 산타

고마워요, VJ 특공대!

성탄절 선물

동생의 크리스마스 선물은
거의 내가 골랐다.

왜...?
나만...?

장난감 말고 시계 받음. →

용돈을 받아서
선물을 고르고

내가 제일 좋아하는
선물 포장 시간을 거치면

완성!

메리 크리스
마스
산타

↑
카드 사는 걸 깜박해서
포스트잇으로 대체.

성탄절 편지

다행히 VJ 특공대를 믿었다.

성탄절 눈물

성탄절 기억

울면 산타 할아버지가
선물 안 주신다?

어잉어잉

← 일곱 살 나.

선물 안 준다고?
내가 왜 우는지도
모르면서 왜 안 줘?
이유가 있는데?

뚝!

그리고 지난번에 나한테만
이상한 거 줬잖아.

숫자도 없는
시계
↓

울적

됐어!
산타 할아버지
나빠...

어흐흑

응?

알아 그냥

책에서 확인해라, 자식아!

갚을게

비행기

요즘 유치원

태~산이 높다 하되
하늘 아래 뫼이로다

오~르고 또 오르면
못 오를 리 없건만은

사~람이 제 아니 오르고
뫼만 높다 하더라

가수

학교

아이들의 웃음이
이해는 갔지만

집으로 달려가는 길이
더욱 멀게 느껴졌다.

시체놀이

내 마음

비 오는 날

짱구

그 여름

놀고 있는데 전화가 왔다.

언니 온제 와?
무서워잉. 으앙!

어떡해!
어떡해!

안 돼!
안 돼!

헉
헉

언니 안녕!

허억

허억

다행이었다.

언니도
쭈쭈바 줘 봐.

언니 왜 그래?
나랑 코난 볼래?
코난 무서워.

훼이크

전남친 2

전남친 3

우지 마

진로 문제로 속상해서
집에 오자마자 울었다.

뚝뚝

흑흑, 엉엉

언니, 왜 구래?
무슨 일이야?

아무것도
아니야...

흑흑

이거 봐 봐.
알았지?

훌쩍훌쩍

쑥

감동적이라 더 움.

언니 우지마
선물이야

후앙!

와이파이

동생과 나는 다르다. 어떻게 한 집에서 이렇게 다르게
자랐는지 우리도 신기할 따름이다. 나이 차이를 떠나서
취향도 생활 반경도 다르다. 나는 낮에 활달하고 동생은
밤에 활달해서 서로 놀아 달라고 질척거리던 시간대가
달라 그걸로도 많이 싸웠다. 하나부터 열까지 다르다면 다
다르다고 할 수 있는 동생과 나의 인생은 앞으로 더욱 달라질
것이다.

우리 둘 다 성인이 돼서 독립하게 된다면 어떨지 가끔
궁금하다. 서로 연락하면서 살까. 우리가 통화를 하고 문자를
하고 만나서 밥을 먹고 일상 얘기를 나눌까. 아니면 명절에
만나 잘 지냈냐는 몇 마디만 주고받다 지나치는 사이가
될까. 우리의 미래에 서로가 있을까. 정답은 어렴풋이
알고 있었다. 그때 우리가 공유하는 거라곤 집 안의
와이파이뿐이었으니까.

동생과 서울에 함께 갈 일이 있었다. 지하철에서 왕복 네
시간이 될 그 여정이 시작도 전에 막막했다. 심지어 아침부터

싸웠다. 나는 스마트폰을 사용하지도 않고 엠피쓰리도 없어서 서먹해진 동생 곁에 꼼짝없이 서 있을 수밖에 없게 되었다. 그나마 자리가 난다면 가져온 책을 읽을 수는 있었을 텐데. 결국 그 시간대에는 자리가 없어 우리는 서서 가야 했고 동생은 역시나 스마트폰을 보고 있었다. 무슨 말을 걸어야 동생이 정수리가 아닌 눈을 보여 주며 대화해 줄까. 고개를 푹 숙인 채 액정을 들여다보며 큭큭거리는 동생에게 뭐 하냐, 재밌냐, 뭔데 몇 마디 찌끄려 봤자 응, 어, 아니 사춘기 3종 세트 같은 대답이 돌아왔다.

사실 녀석이 저렇게 하는 것에 나도 딱히 할 말은 없다. 저게 내가 고등학생일 때 모습이다. 지금의 나처럼 동생도 소통을 시도했지만 나는 응, 어, 아니 사춘기 3종 세트를 전수했다. 그래도 내가 막상 반대 입장이 되어 보니 기집애…… 흘겨보게 되는 건 어쩔 수 없다.

마침내 서울에서 볼일을 마치고 저녁을 먹게 되었다. 거리를 돌아다니다 둘 다 좋아하는 마라샹궈 집을 찾았다.

마라의 얼얼한 향이 어떤 화학 작용을 일으켰는지 우리는
조금씩 대화를 나누기 시작했다. 시작은 '맛있다'였다.

정말 맛있다. 여기 정말 맛있다. 언니 우리 동네에
마라집 가 봤어? 가 봤어. 거기보다 여기가 더 맛있다. 맞아.
근데 너는 진짜 마라를 몰라. 여기도 맛있는데 살짝 K-마라와
찐중국 사이야. 다음에 언니가 찐중국 보여 줄게. 찐중국?
그래, 알았어. 꿔바로우 맛있다.

집으로 돌아갈 시간. 그때는 아까와 달랐다. 우리는
운 좋게 지하철 자리에 앉을 수 있었고 조금씩 말을 했고
조금 웃었다. 때로는 많이 웃었다. 어떤 이야기에서는 너무
웃겨서 눈물이 찔끔 나기도 했다. 가장 웃겼던 건 아빠가
우리 앞에서는 두부에게 "으이그, 멍청한 강아지! 저리 가!"
하면서 동생과 내가 방에 들어가 있으면 "우리 두부, 우리
두부 잘 생겼어, 예뻐……." 중얼거린다는 얘기였다.

우리는 가족 이야기를 많이 했다. 강아지 이두부
이야기는 사진과 동영상을 첨부해 가면서. 아빠와 새엄마

이야기는 각자의 생각을 나누면서, 할머니 할아버지
이야기는 두부와 아빠, 새엄마를 곁들여 가면서. 동생과
나는 대화 주제가 끊이지 않는 친한 친구처럼 막힘 없이
대화하고 있었다. 생각해 보면 이런 이야기를 서로 티키타카
할 수 있는 건 가족뿐이었으니……. 자매와 친구가 된다는 게
이런 건가? 수진이와 나에게 이런 날이 있다는 게 신기했다.
집으로 돌아가 침대에 눕는 그 순간까지 따뜻한 물속에
들어가 있는 기분이었다. 최고의 하루. 나는 일기장에 그날을
최고의 하루라고 썼다.

　　그리고 그들은 정말 친한 자매 사이가 되었다. 서로의
모든 것을 공유하고 밤마다 수다를 떨고 항상 뭘 하고 있는지
궁금한 자매. 엘사와 안나가 그들을 질투할 정도였다……는
것은 청소년 드라마 결말이고.

　　우리 삶은 그렇게 멋진 영상물이 아니라서. 그냥
이수희와 이수진이라서. 여전히 이수진은 이수희에게 쌀쌀
맞고 이수희는 이수진을 보며 파르르 떤다. 내 진짜 동생은

179

이두부뿐이라고 부드러운 털을 매만지며 중얼거린다.

　그래도 그날 이후로 우리가 공유하는 것이
와이파이뿐이라고 생각하지는 않게 되었다. 우리에게도 공통
주제가 있었다. 바로 가족이었다.

3장

동생이 자라는 기분

키 컸어

동까기

냄새나

우리는 「시크릿 가든」에 빠졌다.

몇 살 때부터 예뻤나?

길라임 씨!

꺅!

꺅!

왜? 내 앰새나?

여주인공 친구가 화장실에서 말을 거는 장면이 있는데

그 대사가 우리 자매의 유행어가 되었다.

내 앰새나? 내 앰새나아?

'냄새나'에는 '냄새나'로 대답하기.

내 앰새나?

응! 내 앰새나!

치킨

구걸하며 치킨 먹었던 기억.

수진 언니

놀리는 중

하지 마!

시룬데.

쭈욱

언니한테
뭐 하는 짓이야!

얼얼

버럭

몰랐나 본데, 원래 내가 먼저
태어나는 건데 양보한 거거든.

뭐?

ㅉㅉ

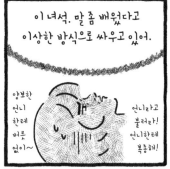

이 녀석. 말 좀 배웠다고
이상한 방식으로 싸우고 있어.

양보한
언니
한테
버릇
없이~

언니라고
불러라!
언니한테
복종해!

187

초상화

초상화 2

햄스터

동생은 햄스터를 닮았다.

당시 키웠던
햄스터 온순남.
알고 보니 암컷.

뭐래.
안 닮았거든?

"야, 햄스터. 뭐 하냐."

그림책.

그리고 나
햄스터 아니거든?

"햄스터, 어디 가?"

줄넘기 하러.

햄스터라고
부르지 좀 마!

현재

"햄스터~"

왜?

햄스터 10년이면 적응한다.

바둑왕

언니, 나
바둑 배울 거야.
재밌어 보여!

엥...?

바로 학원을
보내지는 못했고

초등학교 1학년 ➡

힝

학원을 가자마자
나를 이기기 시작했다.

뭐엇?

ㅋㅋ

그때 바둑을 계속했더라면
지금쯤 알파고랑...

아니라고.

후비적

맨날 나 혼자 아쉬워하는 얘기.

놀아 줘

마시고 싶어

언니도 마시고 싶은 게 있어.

우리 통화하자

이 책으로 받을 오해들이 가끔은 걱정된다. 무엇보다 내가
좋은 언니로 보이겠다는 점이 가장 불편하다. 제목만 보고
사이좋은 자매나 정다운 언니 동생 같은 걸 기대하고 바라볼
사람들이 벌써부터 부담스럽다. 우리는 그런 자매가 아니다.
내가 좋은 언니인 것은 더더욱 아니고. 동생도 나와 싸울 때
자주 하는 말이다.

"밖에서 사람들이 좋은 언니라고 하지? 언니는 절대
좋은 언니 아니야."

이 말에 상처받는 동시에 수긍한다. 편부모 가정에 열 살
어린 동생이 있다는 정보만으로도 나는 어디에서나 괜찮은
사람으로 평가받았다. 그런 기대와 다르게 나는 동생에게
무언가를 양보하거나 져 주는 다정하고 어른스러운 언니가
아니다. 엄마 역할을 하겠다는 생각 따위는 단 한 번도 한
적 없다. 이런 내가 신기할 수도 있겠다. 열 살이나 어린데
왜 싸우냐고. 그럼 나는 그냥요,라는 말 외에는 달리 할 말이
없다. 그냥, 정말 그냥, 나는 다정한 언니가 아니다.

가끔 엄청나게 사이 좋은 자매를 볼 때가 있다.
「겨울왕국」의 엘사와 안나처럼 서로가 목숨처럼 소중하고
가장 친한 친구이며 내 인생의 반쪽이라고 스스럼없이 입을
모으는 자매. 어쩌다 그런 이들을 만나게 되면 홀로그램을
보는 듯한 기분이 든다. 이런 게 세상에 있을 리가 없다는
기분. 진짜 있었구나, 하는 기분.

　　우리는 왜 저렇게 될 수 없는지 생각하다 조금
부러워진다. 부러움은 괴로움을 닮았다. 괴로움을 동력으로
우리를 비슷한 형태의 홀로그램으로 떠올려 보기도 한다.
온몸에 닭살이 돋다 못해 털이 생길지도 모른다. 날개도,
부리도. 첨단 시대의 놀라운 그래픽 기술력으로 그런
요사스러운 짓을 하면 안 된다.

　　동생의 중학생 시절, 나의 20대 중반. 나는 맨날 밖에
있었다. 그림을 그리거나 아르바이트를 하거나 친구들과
놀았다. 가장 철없었던 때라 가장 재미있었다. 사람 만나는
게 좋아서 자거나 씻을 때만 집에 들어갔다. 중학교에 들어간

동생도 잘 지내는 것 같았다. 친구 문제나 성적 문제도
딱히 없는 것 같았고 나와 모든 면에서 다른 애라 다행이라
여겼다.

그 무렵 매번 4시 이후로 동생에게 전화가 왔다.
전화벨이 울리고 발신자의 이름을 확인한 나는 일단 인상을
찌푸리게 되었다. 동생이 "언니, 뭐 해." 쌀쌀맞은 목소리로
물으면 나도 똑같이 쌀쌀맞게 그림을 그린다, 친구를 만난다
대답을 하고 "왜 전화했어?" 물어보았다. 동생은 항상
"그냥."이라고 했다. 나는 그게 너무 싫었다. 당시 내가 가장
싫어하는 문자가 "뭐 해."였고 가장 싫어하는 전화가 '그냥'
하는 전화였다.

이걸로 몇 번이나 크게 싸웠다. 무언가 필요한 것도
아니고 물어보기 위한 것도 아닌 전화를 대체 왜 하는 거야?
그것도 엄청 틱틱거리는 목소리로 말이야. 정작 집에서는
나랑 대화도 안 하면서. 다툼 같은 통화를 끝내고 나면 애가
왜 이러는지 모르겠다고, 시비 걸려고 이러는 것 같다고

친구들에게 불평하곤 했다.

끈질기게 전화하던 동생은 어느 순간부터 용건 없는
전화는 하지 않았다. 무언가 필요하거나 물어봐야 할 것이
있거나 아빠의 말을 전할 때만 전화를 걸었다. 용건이 있는
전화, 용건이 끝나면 끊는 단순한 소통의 수단. 내가 원한
그것이었다.

그렇게 몇 년이 지났다. 그즈음 우리는 싸울 때를
제외하고는 문자조차 주고받지 않았다. 싸울 때는 살벌하게
긴 문자를 주고받았다. 차마 책에는 쓰지 못할 상스러운
욕들이 참 많았다. 서로 대면해 싸울 때면 우리는 결코
손톱으로 할퀴며 싸우지 않았다. 자매는 주먹이다.

어느 날, 친구와 심야 영화를 보고 나오는 길이었다.
그냥 그랬지? 감상을 나누며 친구와 어두운 밤길을 설렁설렁
걷고 있었다. 친구가 잠깐 전화를 걸겠다고 양해를 구했고
나는 고개를 끄덕였다. 얼음이 녹아 밍밍해진 콜라를 쪽쪽
빨아 먹으며 영화가 참 별로였어, 돈 주고 봤으면 큰일 날

뻔했어, 떠오르는 감상을 길거리에 툭툭 떨구고 있었다.
그때였다.

"아, 엄마. 영화 끝났어. 응, 생각보다 별로더라. 지금
수희랑 같이 걸어가려고. 카페 잠깐 들를 수도 있고. 응. 아,
그랬어? 몰랐네. 엄마는? 아, 뭐야. 거기 맛있어? 그럼 나도
다음에 갈래. 근데 그 옆에는 비싸고 맛도 없더라. 나는 영화
볼 때 음료수 마셔서 딱히 배 안 고파. 아니야, 콜라가 엄청
큰 거라 배불러. 커피 마시면 빵 하나 먹을 수도 있고. 아, 응.
응. 알았어. 엄마, 끊어."

평범한 통화였다. 영화를 봤고 지금 집에 들어가는
길이라는 단순한 내용. 친구들이 이렇게 엄마에게 전화를
걸면 나는 그저 그 옆에서 짧은 대화가 끝날 때까지 딴생각을
하면 되었다.

그런데 이상하게 그 순간, 물방울 하나가 이마에 톡!
내려앉은 것처럼, 고개를 들어 먹구름을 바라보게 된 것처럼.
비가 오려나 봐, 하고 뒤늦게 우산을 찾게 된 사람처럼. 어떤

소리가 귓가에 울리는 듯했다. 평일 4시에서 5시 사이에 어김없이 울렸던 벨소리. 어쩌면 그렇게 무심했을까.

수진이는 나랑 통화하고 싶었던 거야. 학교 끝나고 친구들이 엄마에게 전화할 때, 수진이는 내가 생각난 거야. 정말로 '그냥' 통화하고 싶었던 거야. 용건 없이. 언니랑 동생 사이니까.

나는 친구들의 이야기에는 귀 기울이고 걱정하며 함께 고민할 줄 알면서 동생의 전화는 용건이 있어야 한다고 나무라는 사람이었다. 심지어 쌀쌀맞은 말투 때문에 시비를 건다고까지 생각했다. 언니와 통화하고 싶은 마음이 쑥스러워 그랬다는 것도 그제야 깨달았다. 동생과 통화하고 싶었다. 언니가 몰랐어, 미안해. 속상했지. 언니도 그게 무슨 기분인지 아는데. 내가 가장 잘 아는데.

당장 얘기하지는 못했지만 동생에게 이런 내용을 고백했다. 지금 생각해 보니 그런 거였다고 미안하다고. 과자를 먹던 동생은 가만히 다른 곳을 응시하다가 대답했다.

"당연한 거 아니야? 용건만 있는 게 어디 있어."

그 말에 아무 얘기도 할 수 없었다. 그 당연한 걸
모르고 있는 사람이 너의 가족이었다. 뒤늦게 우산을 찾아
봤자 소용없었던 것이다. 옷은 다 젖어 눅눅했고 비도 그쳐
있었다. 이미 한참 전에.

지금의 동생에게는 가족보다 소중한 친구들이 생겨
버렸다. 내 전화는 잘 받지 않는다. 문자는 친구들과 한다.
여전히 우리 관계는 삐걱거리고 마주치기만 하면 서로에게
짜증을 낸다. 가끔은 내가 얘한테 미안한 마음이 들었다는
것을 거의 잊는다. 동생의 10대 눈빛과 말투에 피가 거꾸로
솟기 때문이다.

우리는 사이좋은 자매가 될 수 있었다. 그럴 수 있는
순간들이 함께 자라는 과정 곳곳에서 울리고 있었다. 하지만
시간은 지났고 동생은 자랐다. 나의 사춘기가 끝났을 때
동생의 사춘기가 시작된 것처럼, 우리는 수학 시간 칠판에
그려진 평행선처럼 각자 끝없이 길게 자라고 있었다.

그래도 다시 그때처럼 전화벨이 울렸으면 좋겠다. 너의
이름을 확인한 나는 부드러운 표정을 지을 것이다. 오늘
학교는 어땠냐고, 무슨 일이 있었냐고, 언니는 오늘 이런
일이 있었다고 시시콜콜한 얘기를 나누고 싶다. 그리고
가끔은 우리만 아는 농담에 동시에 웃음을 터트리는 거야.

그러니까 우리 통화하자, 수진아. 언니가 이제는 잘할 수
있어.

우리의 약속

꼭꼭 약속해.

까딱 까딱

싸우지 않는다고
약속해!

지키지 않았다.

쪽!

이제 알겠어

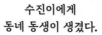

수진이에게
동네 동생이 생겼다.

집에 돌아온 수진.

언니, 내가 어릴 때 뭐 물어보면
언니가 귀찮아 했잖아.

왜 그랬는지 알 것 같아.
너무 귀찮아.

습관

나의 취미는 동전 저금. 	동전을 저금하고 있으면  오늘은 많네. 차곡 차곡
동생이 이렇게 말하곤 했다.  언니를 보고 나도 저금하게 되었어. 언니의 좋은 습관을 닮게 되었어!	기분 좋았다.  응! 이것 봐! 그래...?

월급날

골라

정말 하나만 하더군.

뽀뽀

내 친구들은 언니랑 뽀뽀 안 한대.

그래?

왜 안 하지?
우리는 맨날 하는데.

그것이 마지막 뽀뽀가
되었다고 전해 내려온다.

쫑긋

인터넷 소설

꾹꾹

동생이 인터넷 소설을
읽기 시작했다.

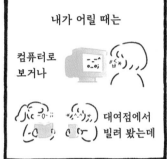

내가 어릴 때는

컴퓨터로
보거나

습*

대여점에서
빌려 봤는데

요즘 애들은
스마트폰으로 보는구나.

귀여니는
봤어?

ㅋㅋ

아, 그분 진짜 고전이지!
아직 안 봤는데 애들이 되게
재밌대!

끄덕끄덕

벌써 고전...?

나중에 2

용돈 계획서

언니 용돈 좀.

용돈 계획서 써 와.

얘가 돈을 많이 쓰네. 삥 뜯기나?

불쑥

내일 학교 끝나고 롯데리아 치킨버거 두 개를 3000원으로 사서 친구네 놀러 가서 먹을 것이다.

ㅋㅋㅋ

오늘 친구가 닭강정을 사 줬고 치킨버거를 먹고 싶어 하기 때문이다.

감사합니다~

아직은 귀엽다.

기회

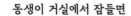

동생이 거실에서 잠들면

코...

깨워서 방으로 보냈다.

비몽

사몽

이불 덮고 자.

난 지금까지 언니가
날 들고 간 줄 알았는데?

널 어떻게 들어.
나 허리디스크 있어.

난 지금까지...

충격

말하지
말걸 그랬나?

추억 조작의 기회를 날렸다!

풀어 줘

왜 내 카톡 안 봐?

짜증 나서 차단했어.

지난 번에 카톡으로 싸움.

…

언니이, 나랑...

꼼지락 꼼지락

카톡하면 안 돼?

수진이(가) [귀여운 눈빛]을 사용하였다!

그만해

하지만 저는 그만두지
않았고 만화까지 그렸죠.

라떼

어릴 때 아빠의 진로 반대로
많이 힘들었다.

그런데 나도 동생에게
똑같이 말하고 있었다.

콩 심은 데 콩 나고
아빠 심은 데 내가 난 걸까?

그때 동생에게 응원을 심어
주지 못한 것이 미안하다.

성보라

언니,
「응답하라 1988」에
언니 같은 언니 나온다?
나 진짜 놀랐잖아.

성보라? 뭐래.
너 같겠지.
완전 너 같애.

과외 장면

어떻게
이것도
몰라!

성덕선
너 바보야?

응답하라
1988

흠.

긁적

긁적

뭐.

조금 찔렸다.

223

트림

사춘기

동생의 사춘기 언제 끝날까?
고뇌하던 중

환

장

학창 시절 일기장을 발견했다.

여기에
있었구나.

NOTE

너덜

너덜

이거 완전
×××이네?

소름

충격과 공포.

밥 먹었냐?

이응.
말 걸지 마.
비켜.

딕딕

으이구, 확!
그래도 옛날의
나보단 낫다.

지금은 이렇게 생각하려고 한다.

사춘기

동생이 고등학생이 되었다는 사실이 여전히 조금 어색하다.
녀석은 이제 고3이 되었다. 중학교 교복을 맞추러 갔을 때가
무려 5년 전이라는 의미다. 잘 어울린다며 주접을 떨던 내게
여드름이 나기 시작한 초졸 동생이 "입 다물어." 속삭였던
일이 엊그제 같은데. 그 녀석이 이제 교복을 입는 마지막
해를 보내고 있다.

  동생이 교복을 입기 시작한 뒤부터 많이 소원해졌다.
나의 사춘기가 끝나고 동생의 사춘기가 시작된 것이다.
애기였던 동생이 어린이가 된 것에도 적응 못 했는데
어린이에서 청소년이 되었다니. 거기다 예민하고 까칠하고
이해 못 할 행동까지 하니 너무 싫고 미웠다. 착하고 순한 내
동생은 어디론가 가 버리고 동명이인의 알 수 없는 사춘기
여자아이와 함께 사는 것 같은 착각마저 들었다.

  '저 애는 내 동생이 아니야.'

  그러던 어느 날 동생이 집에 있으면 울적해진다고
말하는 걸 듣게 되었다. 그 말이 신경 쓰여 다음 날 동생의

방문을 열어 보았다. 바닥, 책상, 침대에 옷이 잔뜩 널브러져 있고 어떤 물건도 제자리를 찾지 못한 아수라장이었다.

이렇게 해 놓고 사니까 울적하지, 참나. 뒷목이 뻣뻣해지는 걸 느끼며 궁시렁궁시렁 물건을 정리했다. 어느 정도 청소를 끝냈을 때 무심코 동생의 침대에 누워 보았다.

이게 동생의 방. 이게 동생이 보는 천장. 아침에 눈 떴을 때, 밤에 잠들기 전 항상 보았을 풍경이다. 그리고 그 광경이 몹시 어둡고 칙칙하다는 걸 깨달았다. 방에 가구가 너무 많아 어떻게 정돈을 해도 어지러워 보인다는 것도. 그때 처음으로 동생의 시점에서 집을 바라보게 되었다.

그러자 내가 동생 나이에 어땠는지 새록새록 떠오르기 시작했다. 나는 안 저랬어,라고만 생각했던 학창시절의 나를 생각해 볼수록 오히려 동생과 비슷한 점이 많은 것 같았다. 그 나이 때의 불안함, 예민함, 충동 들을 까무룩 잊고 지냈다.

"교복 입을 때가 제일 좋은 거야! 무슨 걱정이 있겠니!" 나도 동생처럼 교복을 입었을 때 이렇게 말하는 어른들이 짜증 났다. 아무것도 모르면서. 내가 무엇을 느끼고 생각하는지 물어보지 않았으면서. 그런데 내가 어느 순간부터 그런 어른이 되어 있었던 것 같다. 동생의 모든 행동을 이해할 수 없다고 단정지었다. 동생 방의 천장이 어떤지 모르면서. 집에 올 때 기분을 모르면서. 동생에 대해 알려고 하지 않았으면서.

정말 처음이었다. 동생의 기분을 상상하게 된 건. 그리고 어릴 때의 나와 동일시해 본 건. 몇 살 더 먹었다고 학창시절의 섬세한 느낌들을 벌써 잊어버렸다니, 부끄러워졌다. 어릴 때의 나에게도 미안했다. 아이들의 기분을 무심하게 대하는 어른이 되지 말자고 다짐하곤 했는데.

일단 내가 할 수 있는 건 이 방을 바꾸는 일이라고 생각했다. 사실 그때 나는 방을 두 개나 점령하고 있었기 때문에 그중 하나를 동생의 침실로 내주기로 했다. 어차피 그 방은 잘 들어가지도 않았는데 왜 그제야 그러기로 한 건지 미안했다.

아침부터 나가 조명과 꽃병, 베갯잇을 사왔다. 잠들려고
눕는 공간이 널찍하기를 바라서 침대와 작은 책꽂이 외에는
남겨 두지 않았다. 꾸미고 나니 나름 인스타그램에 나오는
방처럼 썩 괜찮은 것 같았다. 내 나름대로의 서프라이즈
선물이었다. 방을 본 동생은 앞에서는 좋네, 고개를 끄덕이고
말더니 밖에서 문자를 보냈다.

[언니 선물 고마웡. 고맙단 말 제대로 못 한 것 같아서.]

동생과 살가운 대화를 나눠 본 지 오래되었던 나는 그
문자를 읽고 또 읽다가 눈가가 시큰해졌다.

그 이후로 방 정리가 잘 되었냐 하면 그건 또 아니다.
그냥 저 녀석에게는 옷을 옷걸이에 걸면, 물건을 제자리에
두면 큰일 나는 병이 있는 것 같다. 사실 나도 그 나이 때
같은 병에 걸려 있기는 했지만 볼 때마다 짜증이 솟구치는 건
어쩔 수 없었다.

그래도 그날 그 침대에 누워 보길 참 잘했다고, 가끔

동생의 새로운 침실에 누워 천장을 확인할 때마다 생각한다. 이제 우리 집에 동명이인의 알 수 없는 사춘기 여자아이는 없기 때문이다.

토실 댄스

동생이 뭔가를 부탁할 때
추는 춤이 있다.

온니...!

바로 토실 댄스.

언니
제발
용돈

제발
용돈
언니

ㅋㅋㅋ

특징: 수면 바지를 입은 채
엉덩이 부르르 떨며 애원.

개웃겨!
미친!

아...
이렇게 자본주의를
알아 간다...

토실 토실

이제는 저런 성의도 없다.

돈 좀
있어?

삥 뜯냐?

알지알지

우리 집 진짜 막내
이두부.

두부 깨우고
싶다.

하지 마.
왜 그래.

크르르

아...련

호엉...

반응이 귀여워서
괴롭히고 싶어!

음.
그 느낌.
알지알지.

야!

짜증

힝

처음

그래서

어릴 때 수진이 놀렸던
얘기를 하면

내가 막 어쩌구
해 가지고 걔 반응이
엄청 귀여웠어.

가끔 이런 반응.

수진이...
그래서 비뚤어진 거
아니야?

그럼 나는 당황.

아...
그런가?

그런 건가...?

10대 눈빛

국화빵

동생이 갑자기
한 아이스크림에 빠졌다.

국화

꺅!

이수진, 슈퍼 갈 건데 뭐 사다 줘?

같이 가!

슈 꺼

국화빵 다섯 개 사도 돼?

너 그러다 배탈 난다.

먹을 때마다 하는 말.

언니 이거 떡도 들어 있다? 진짜 맛있어. 옛날에는 안 먹었는데.

그러네. 맛있네.

참자

시스터 파이터

우리는 매일 싸운다.

정말 엄청나게 싸운다.

가끔 이런 소리를 들으면

너희들 사이가 참 좋다.

자세한 설명은 생략한다.

디자이너

성인기

동생이 얼마전 불쑥 내민 것이 있다.

"나 민증 나왔다!"

지갑에서 꺼내어 보여 준 그것은 기스 하나 없이 이슬처럼 영롱했다. 앞자리는 02, 뒷자리는 4로 시작하는 주민등록증이라니! 거기다 공직선거법 개정으로 투표권을 행사할 수 있게 되어 이번 총선에서 인생 첫 투표를 하게 된다. 주민등록증과 투표권을 동시에 지닌 고딩 동생이 낯설다. 애는 자꾸 자란다. 익숙해질 만하면 또 자라서 틈을 안 준다.

"나도 이제 곧 성인이야!"

내도 이데 곧 덩인이애, 에베베! 쟤가 저런 말할 때마다 웃겨 죽겠다. 열일곱 살이 되던 때에도 "나 이제 청춘 시작이야! 우훗!" 같은 말을 해서 웃겨 뒤집어졌다. 인생 즐길 준비를 단단히 벼르고 있는 모양이다.

"언니, 나 돈 많이 벌 거야. 돈 많이 벌어서 멋진 차 사야지. 수능 끝나면 면허 시험부터 볼 거야. 아, 나도 명함

갖고 싶다. 그리고 집 가까운 대학에 가고 싶은데 그러면
자취를 못 하는 게 아쉬워. 물론 이것도 대학에 붙어야 할 수
있는 고민이지만, 하아."

졸졸 흐르는 소망들이 시냇물처럼 맑았다. 그래, 그래라.
언니는 너만 믿는다. 몸 뉘일 곳만 있으면 돼. 부탁해. 허술한
언니의 기대에 동생이 웃는다. 그렇다고 너무 믿지는 말고,
덧붙인다.

부러웠다. 나 또한 저렇게 성인기를 기대했던 사춘기가
있었다. 그러나 돌아보면 나는 나의 20대를 그리 좋아하지
않았다. 사회에 나와 나의 어리석음, 무지함에 대해서 너무나
잘 알게 되었다. 조금 몰라도 되지 않나? 야속할 정도로.
내가 얼마나 부족한 사람인지 알기 위해 어른이 되고 싶은
건 아니었는데. 세상은 세상대로 나는 나대로 그렇게 따로
설계되어 있는 것 같았다.

대입에 실패하고 무기력증에 시달린 시간이 꽤 길었다.
유재석과 이적이 부른 「말하는 대로」 가사처럼 불안한

잠자리에서 내일 무얼 할지 고민하던 모습이 딱 나의
20대였다. 하루하루 나에 대한 기대를 잃어버리고 찾기를
반복했다. 나는 나를 많이 싫어했다.

그렇다 보니 열 살 많은 성인 언니 치고는 좋은 모습을
보여 주지는 못한 것 같다. 얘가 날 보고 뭘 배웠을까.
우울하게 침대에 누워 있는 모습? 대책없이 이상만 추구하고
고집 부리는 모습? 면목 없는 기분이 들면서도 뭐, 언니라고
꼭 본보기가 되어야 하나, 그냥 대충 살면 되지…….
반항심도 든다. 그래도 만약 내가 부정적인 영향을 주었다면
어떡하지…….

자매는 도대체 뭘까? 미워 죽겠는 내 동생. 가끔은
너무 짜증 나고 싫어서 왜 동생이 있나 싶다. 먹고 치우지
않은 그릇을 보면 그 순간에는 내 인생의 유일한 적처럼
분노가 솟구친다. 그래도 말라 붙은 그 그릇이 맛있는 걸
먹은 흔적이었다면 좋겠다. 동생이 하는 짓마다 애 같다고
혀를 차면서도 민증을 내미는 동생의 손이 귀엽고 소중하다.

이건 도대체 뭘까, 동생은, 언니는, 가족은. 에이, 모르겠다.
아는 사람이 있어도 설명 안 해 줬으면 좋겠다. 모르는 대로
살아야지. 쑥스러우니까.

청춘도 시작되었고 곧 성인이 될 동생이 사회에서 어떤
삶을 살아가게 될지 궁금하다. 나의 앞날조차 예측할 수
없으니 동생의 앞날은 더더욱 모르겠다. 그러나 한 가지만은
알고 있다. 동생은 나보다 훨씬 잘 살 것이다. 뭘 먹어도
더 맛있는 걸 먹고 뭘 입어도 더 좋은 걸 입고 나보다 더
안락한 잠자리에서 하루를 마무리할 것이다. 대차게 넘어져
무릎에서 피를 흘리며 서러운 날이 오더라도 조금 덜 아프고
잘 소독하고 씩씩하게 일어날 수 있을 것이다.

내가 이걸 왜 알고 있냐 하면, 꼭 그래야 하니까. 그러지
않으면 안 되니까. 그래서 내가 하고 싶은 말은 "축하해,
성인이 되어 가는 걸."

동생이 생기는 기분

언젠가 선생님께서 이런 말씀을 해 주신 적이 있어.

"너희들 엄청난 인연으로 만났다는 거 아니?"

"생각해 봐.
같은 시기에 이 나라에 태어나서
이 지역에 살면서 한 학교에 들어와 같은 반이 됐잖아.
너희들은 수많은 우연이 교차해서 만날 수 있었던 거야.

이건 정말 대단한 거야."

어른의 재미없고 낯 뜨거운
말이라 생각하면서도

주변을 둘러 보았어.

모든 것이 평소와 다르게 느껴졌던
그 순간을 기억해.

그렇다면 우리는 어떤 인연인 걸까?

'나'라는 사람이
태어났다는 우연

'너'라는 사람이
태어났다는 우연

수많은 탄생 속에서
우리가 만났다는 우연

동생이 생기는 기분은 이런 기분이야.

작가의 말

"너…… 뭐야? 동생 싫어하는 거 아니었어?"

처음 『동생이 생기는 기분』 독립 출판본을 주변인들에게 선물했을 때, 한 친구에게서 들은 말이에요. 만날 때마다 동생에 대한 불평을 하던 제가 이런 책을 만들었으니 제목을 보자마자 웃음이 터졌던 거죠. 저는 조금 쑥스러운 마음으로 "아니, 글쎄 내가 좋아하는 건 어린 동생이라니까? 다 큰 지금 걔 말고, 어릴 때 걔라니까?"라고 답했습니다. 독립 출판본의 내용은 아주 어린 동생에 대한 내용이었으니 그럴 듯한 항변이었어요.

그러나 지금, 어쩌다 이렇게 어릴 때부터 지금까지의 우리 자매에 대해서 쓰게 되었을까요? 서점과 도서관의 책 냄새를 음미하며 언젠가 작가가 되고 싶다고 꿈꿔왔지만 데뷔작의 주제가 매일 싸우고 말도 하지 않게 된 동생이 될 줄은…… 친구의 물음이 다시 들려오네요. "너…… 뭐야?"

출판 계약서에 서명한 날, 잔도 들지 못할 만큼 힘 빠진 두 손을 바라보며 무슨 일을 저질러 버렸는지 가늠하지 않으려 애썼습니다. 내가 멋진 엘사라면 좋을 텐데. 동생을 사랑하는 마음을 아름다운 얼음 마법을 내뿜으며 노래한다면 좋을 텐데. 아! 근데 난 목 늘어난 맨투맨 입고 열 살 어린 동생이랑 맨날 싸우는 못난 언니. 어떡하지. 막막하고 떨렸던 그날의 느낌을 잊지 못할 거예요.

책에 대한 고민이 많을 때, 아이러니하게도 동생과의 불화로 집을 나오면서 제가 써야 하는 게 무엇인지 깨닫게 되었어요. 아무리 가리려 해도 가려지지 않는 우리의 다툼, 화해인 듯 아닌 듯 주고받았던 무언가. 그 무수한 시간 속 질게 또는 얇게 펴 발라져 있었던 감정들.

그림을 그리며 혼자 웃기도 했고 글을 쓰며 혼자 울기도 했어요. 만화가로서 데뷔할 줄 꿈에도 몰랐기에 우왕좌왕 했고, 기억 속 섬세한 마음을 더듬어 글로 옮기는 과정에서 조금 성장한 것도 같습니다.

　그런데 웬걸? 완고를 싹 훑어보니 '동생이 생기는
기분'이 아니라 '동생에게 반성하는 기분'이 되어
있더라구요. 참……. 나만 미안한 일이 많은 건 아닐 텐데?
억울한 마음을 토로하자 한 편집자의 말, "그게 바로 편집의
힘이죠." 그때 알았습니다. 그렇구나! 방송만 편집이
아니구나! 재밌네!

　어느새 『동생이 생기는 기분』은 어렸던 나에게, 어렸던
나의 가족에게 보내는 편지가 되어 있었습니다. 기억을
되새기는 과정이 아프고 미안해서 회피하고 싶기도 했죠.
그럼에도 계속 써 나갈 수 있었던 건 정기현 편집자님이
원고의 첫 독자였기에 가능한 일이었어요. 책을 볼 때마다
기현 씨의 사려 깊고 다정한 목소리가 흘러나올 것만
같습니다.

　멋진 감각으로 책을 닦아 주고 입혀 주신 유진아

디자이너님께 감사드립니다. 함께 고생하며 노력해 주신 민음사 출판인들을 만나 독자로서 더욱 겸손하고 소중한 마음으로 책을 바라볼 수 있게 되었답니다.

언제나 나의 고민을 들어주고 응원해 주었던 친구들, 그리고 세윤이와 새라가 아니었다면 독립 출판도 기성 출판도 수월하지 못했을 거예요. 고맙다는 말을 책에서도 꼭 하고 싶었어요. 고마워!

동생만을 생각하며 지내는 몇 달을 경험해 볼 수 있는 사람이 몇이나 될까요? 한 사람이자 언니, 딸, 창작자로서 이런 기회가 주어진 것이 얼마나 큰 행운이었는지, 이 뜻깊은 시간을 그대로 책의 주인공에게 전하고 싶어요. 태어나기 전부터 우리에게 어떤 존재였는지 기억해 달라는 말을 꼭 덧붙여서요. 우리 가족, 지금까지 그래 왔던 것처럼 서로 조금씩 진상부리고 용서하며 살자는 말도.

마지막으로 공감이라는 소중한 모습으로 따뜻하게

바라봐 주신 독자분들께 고개 숙여 깊이 인사드립니다.
복잡한 세상에서 이 책이 좋은 기분을 선사할 수 있다면 참
좋겠습니다.

어떤 기분이셨나요?

2020년 6월

이수희

『동생이 생기는 기분』은 열 살 차이 나는 동생이 생기고
태어나 성장한 시간에 대한 네 컷 생활툰이다. 마냥 보호해
줘야 할 아기에서 언니와 맞짱 뜨는 성인으로 동생 수진이
크는 동안 언니 수희도 큰다. 자매가 나란히 성장하는
『동생이 생기는 기분』은 그림처럼 마냥 귀엽고, 그림처럼
씩씩하게 싸우는 나날에 대한 기록. "배 속의 아기는
커보였는데 태어난 아기는 너무 작은 것 같아."라는 최초의
배움에서 시작한 생각은 굴러굴러 "미안함이란 한숨에
굴러가는 먼지 같다."며 부모님에 이른다. 가족의 가장 어리고
의존적이던 두 구성원이 독립된 개인으로 서는 과정은 일상의
전투에 가깝다. 동생과 함께 성장한 사람이라면
『동생이 생기는 기분』에 자신과 동생의 얼굴을 몇 번이고 겹쳐
보게 될 것이다.

—이다혜(《씨네21》 기자, 작가)

추천의 말

일곱 살 때 나에게 언니는 가장 온전한 보호자였다. 어느 저녁
무렵 거실에서 티브이를 보고 있을 때, 천둥이 쳤다. 나는 옆에
앉은 언니의 손을 꼭 붙잡는 것으로 무서움을 달랬다. 언니와
손을 잡는 것만으로 동생이었던 나는 무서움이 달래졌다.
그때 언니는 어땠을까. 그때 언니의 마음을 이제야 생각한다.
웃음을 참으며 나를 놀려 대던 언니. 의젓한 표정으로 내
머리를 쓰다듬던 언니. 나처럼 무서워하며 떨던 언니의
새까맣고 따뜻했던 눈동자. 『동생이 생기는 기분』을 읽으니,
동생으로서는 상상할 수 없었던 언니의 마음을 알 것 같다.
나의 언니로부터 나는 인간을 사랑하는 방법을 배워 왔다.
이 당연한 사실을 지금에서야 알았다. 너무나 다르고 가끔은
엄청나게 얄미웠지만, 늘상 고마웠던 언니는 내가 만난
최초의 연대자였다. 아마 최후의 연대자 역시 언니일 것이다.
스스럼없이 내 못난 부분을 모두 보여 줄 수 있었던 최초의

사람. 그런 동생을 온전히 응원하고 있는 지금의 사람.
언니와 함께 내가 단 한 권의 책을 읽어야 한다면,
나는 『동생이 생기는 기분』을 읽을 것이다. 언니도 나와 같은
마음일 것이다.

—임솔아(소설가, 시인)

동생이 생기는 기분

1판 1쇄 찍음 2020년 6월 12일
1판 2쇄 펴냄 2021년 11월 24일

글·그림   이수희
발행인   박근섭·박상준
펴낸곳   (주)민음사

출판등록 1966. 5. 19. 제16-490호
주소   서울시 강남구 도산대로1길 62 (신사동)
          강남출판문화센터 5층 (06027)
대표전화 02-515-2000 | 팩시밀리 02-515-2007
홈페이지 www.minumsa.com

ⓒ 이수희, 2020. Printed in Seoul, Korea

ISBN 978-89-374-9139-9 (03810)